The Clever Boy and the Terrible, Dangerous Animal

El muchachito listo y el terrible y peligroso animal

Idries Shah

Traducido por Rita Wirkala

Once upon a time there was a very clever boy who lived in a village. Nearby was another village that he had never visited. When he was old enough to be allowed to go about on his own, he thought he would like to see the other village.

Había una vez un muchachito muy listo que vivía en un pueblo.
Cerca de éste había otro pueblo que él nunca había visitado. Cuando
tuvo edad suficiente para que lo dejaran salir sólo, él pensó que le
gustaría ver el otro pueblo.

So one day, he asked his mother if he could go, and she said, "Yes, as long as you look both ways before you cross the road. You must be very careful!"

The boy agreed and set off at once. When he got to the side of the road, he looked both ways. And because there was nothing coming, he knew he could cross safely.

And that's just what he did.

Then he skipped down the road towards the other village.

Así es que un día le preguntó a su mamá si él podía ir, y ella le dijo, "Sí, con tal de que mires en las dos direcciones antes de cruzar el camino. ¡Debes tener mucho cuidado!"

El chico estuvo de acuerdo y salió inmediatamente. Cuando llegó a la orilla del camino, miró hacia los dos lados. Y como no venía nadie, supo que podía cruzar sin peligro.

Y eso fue exactamente lo que hizo.

Entonces se fue corriendo y saltando por el camino hasta el otro pueblo.

Just outside that village he came upon a crowd of people who were standing in a field, and he went up to them to see what they were doing. As he drew near, he heard them saying "Oooo" and "Ahhh" and "Ohhh," and he saw that they looked quite frightened.

He went up to one of the men and said, "Why are you saying 'Oooo' and 'Ahhh' and 'Ohhh,' and why are you all so frightened?"

"Oh dear me!" said the man. "There is a terrible, dangerous animal in this field, and we are all very frightened because it might attack us!"

En las afueras del pueblo se encontró con un montón de gente que estaba parada en un campo, y fue hasta donde ellos estaban para ver qué hacían. Mientras se les acercaba, los escuchó decir "Oooo" y "Ahhh" y "Ohhh", y vio que parecían muy asustados.

Él se aproximó a uno de los hombres y dijo, "¿Por qué están diciendo 'Oooo' y 'Ahhh' y 'Ohhh', y por qué están todos tan asustados?"

"¡Ay, Dios mío!" dijo el hombre. "¡Hay un animal terrible y peligroso en este campo, y estamos todos muy asustados porque nos puede atacar!"

"Where is the terrible, dangerous animal?" asked the boy, looking around.

"Oh! Be careful! Be careful!" cried the people.

But the clever boy asked again, "Where is the terrible, dangerous animal?"

And so the people pointed to the middle of the field.

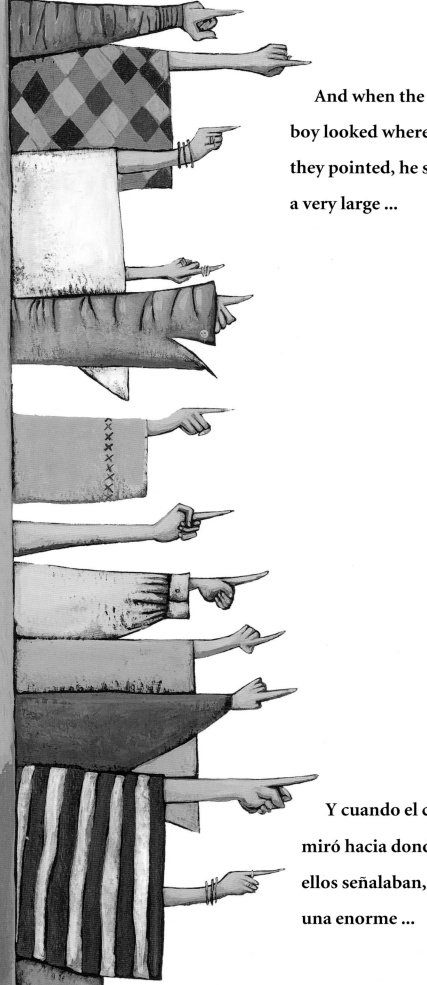

"¿Dónde está el animal terrible y peligroso?" preguntó el chico, mirando a su alrededor.

"¡Ay! ¡Ten cuidado! ¡Ten cuidado!" gritó la gente.

Pero el muchachito listo preguntó otra vez, "¿Dónde está el animal terrible y peligroso?"

Y entonces la gente señaló hacia el medio del campo.

And when the boy looked where they pointed, he saw a very large ...

Y cuando el chico miró hacia donde ellos señalaban, vio una enorme ...

WATERMELON!

¡SANDÍA!

"That's not a terrible, dangerous animal!" laughed the boy.

"Yes, it is! It is!" cried the people. "Keep away! It might bite you!"

Now the boy saw that these people were very silly indeed, so he said to them, "I'll go and kill this dangerous animal for you."

"No, no!" cried the people. "It's too terrible! It's too dangerous! It might bite you! Oooo! Ahhh! Ohhh!"

But the boy went right up to the watermelon, took a knife out of his pocket, and cut a large slice out of it.

"¡Eso no es un animal terrible y peligroso!" dijo el chico riéndose.

"¡Sí, lo es, lo es!" gritó la gente. "Aléjate! ¡Te puede morder!"

Bueno, el chico vio que esa gente era muy boba, por cierto, entonces les dijo, "Yo voy a ir allá y matarles ese peligroso animal."

"¡No, no!" gritó la gente. "¡Es muy terrible! ¡Es muy peligroso! ¡Te puede morder! ¡Oooo! ¡Ahhh! ¡Ohhh!"

Pero el chico fue directamente hasta donde estaba la sandía, sacó un cuchillo de su bolsillo y le cortó una gran tajada.

The people
were
astonished.

"What a
brave boy!"
they said.
"He's killed
the terrible,
dangerous
animal!"

As they spoke,
the boy took a
bite out of the
large slice of
watermelon.

**It tasted
delicious!**

La gente quedó asombrada. "¡Qué chico tan valiente!" dijeron.

"¡Ha matado al animal terrible y peligroso!"

Mientras ellos hablaban, el chico le dio una mordida

a la gran tajada de sandía.

¡Estaba deliciosa!

"Look!" cried the people. "Now he's eating the terrible, dangerous animal! He must be a terrible, dangerous boy!"

As the boy walked away from the middle of the field, waving his knife and eating the watermelon, the people ran away, saying, "Don't attack us, you terrible, dangerous boy. Keep away!"

"¡Miren!" gritó la gente. "¡Ahora se está comiendo al animal terrible y peligroso! ¡Él debe ser un chico terrible y peligroso!"

Mientras el chico se alejaba del medio del campo, mostrando su cuchillo y comiendo la sandía, la gente comenzó a correr, diciendo, "¡No nos ataques a nosotros, chico terrible y peligroso! ¡No te nos acerques!"

At this the boy laughed again. He laughed and laughed and laughed. And then the people wondered why he was laughing, so they crept back.

"What are you laughing at?" they asked timidly.

"You're such a silly lot of people," said the boy. "You don't know that what you call a dangerous animal is just a watermelon."

Al escuchar esto el muchachito comenzó otra vez a reír. Y a reír, y a reír, y a reír. Y entonces la gente se preguntó por qué él se estaba riendo, y se le acercaron despacito.

"¿De qué te ríes?" le preguntaron tímidamente.

"Ustedes son un montón de bobos", dijo el chico. "No saben que lo que ustedes llaman de animal peligroso es apenas una sandía."

"Watermelons are very nice to eat.
We've got lots of them in our village
and everyone eats them."

"Las sandías son muy buenas para comer. Nosotros tenemos muchas de ellas en nuestro pueblo y todo el mundo las come."

Then the people became interested, and someone said, "Well, how do we get watermelons?"

"You take the seeds out of a watermelon and you plant them like this," he said, putting a few of the seeds in the ground. "Then you give them water and look after them. And after a while, lots and lots of watermelons will grow from the seeds."

Entonces la gente se interesó y alguien dijo, "Bueno, ¿cómo hacemos para tener sandías?"

"Se toman unas semillas de la sandía y se siembran así", dijo él, poniendo unas pocas semillas en la tierra.

"Después se las riega y se las vigila. Y al cabo de un tiempo, muchas y muchas sandías crecerán de las semillas."

So the people
did what the boy
showed them.

Entonces la gente hizo tal como el chico les mostró.

And now, in all the fields of that village,
they have lots, and lots, and lots of watermelons.

Y ahora, en todos los campos de ese pueblo
tienen muchas y muchas y muchas sandías.

They sell some, and they eat some

and they give some away.

Ellos venden algunas, y comen algunas

y regalan algunas.

And that's why their village is called
Watermelon Village.

WELCOME TO WATERMELON VILLAGE

Y por eso el pueblo se llama
Villa Sandía.

BIENVENIDOS A VILLA SANDÍA

And just think. It all happened because a clever boy was not afraid
when a lot of silly people thought something was dangerous just
because they had never seen it before.

Y fíjate. Todo sucedió porque un muchachito listo no sintió miedo
cuando un montón de gente boba pensó que algo era peligroso sólo
porque nunca lo habían visto antes.